기분 좋은 날

기분 좋은 날

임금남 디카시집

작가의 말

작년에 왔던 가을이 잊지도 않고 다시 찾아왔다.
알알이 영글어가는 들녘과 곱게 익어가는 과일나무를 바라만
봐도 마음이 하늘 향해 두둥실 떠다닌 듯 행복하다.
이 가을을 시샘하듯 오늘따라 내 마음은 왜 이리 기분이 좋을까.
보이는 것이 모두 꽃이고 들리는 새소리가 모두 음악이다.
그럴 수밖에 없다. 오늘은 꿈꾸어 왔던 디카시집 상담이 성사
되는 날이다.
그동안 멋진 경치 찾아다니며 맘에 든 곳만 골라 나름대로
정성을 다했다.
관광길에서도 관람은 뒷전이고 아름다운 배경을 촬영하는 게
목적이었다.
처음이자 마지막이 될지 모르는 상황에서 최선을 다해 화려한
디카시집을 펴내고 싶은 생각이 늘 머릿속에 자리하고 있었다.
열 번 백 번 생각해도 어쩌다 문학에 발을 내딛어 늘그막에
이런 호사를 누리는지, 이 순간만은 보이는 것이 모두가 내 것이다.
작가라는 명함을 달면서 금리 인상보다 높이 오르는 것은
'임금남'이란 이름이 문인들에게 널리 알려졌다는 게 내 삶에
큰 자랑거리다.
작가가 아니었다면 교수 박사 회장과 언감생심 함께할 꿈이나
꾸었겠는가.
오늘날 문학이라는 진주 목걸이를 목에 걸어준 박덕은 교수님이
많이 많이 고맙고 존경스럽다.
문우 님들과 사랑하는 가족 모두에게도 감사의 마음 전한다.

풍요로운 들녘 한아름 보듬으며
꽃나비 임금남

임금남 시인

박덕은

물살 지는 여울에
낭만주의 옹호하는
긴 여운이 다리 펴
물안개 만났다

강둑에 올라와
풀섶에서 오랫동안
초록 전성기 불러모으는
풀향을 일궜다

이슬의 싱그러움과
풀벌레 노랫소리
감각과 생각의 등에 지고
일어나

뒷걸음질치고 우왕좌왕하는
길고 긴 신작로
먼지 낀 터널을
터벅터벅 걸었다

초가의 보금자리
다다라 키운 보람
알뜰히 엮어 갔다

수많은 세월 동안
상처들이 맞물려
봄날의 향기로 번져
수놓은 의미들
항아리에 모아 두었다

성실과 악착스러움이
빚어낸 항아리
삶의 발랄한 발효 말씀
그 장맛이 익어갈 때쯤

잠자리 타고 내린 시심
봉선화처럼 펼쳐
손톱마다 물들였다

기다림의 꽃물 스며들어
하나 둘 맞은 시집
감동 바구니에 넣고
산행하여 오른 산마루

깨달음으로 싱싱해진
입담이 좋아
확 트인 산봉우리들
아아라히 뻗어나가
햇귀 오르는 사다리 되었다

휘이 둘러보는 눈길에
신비한 무지개 물살
후광처럼 빙 둘러 주었다.

목차

끝없이 펼쳐진

국화축제 전시장

정말 아름답다.

목차

목차

해풍에 닳고 닳은

천년 바위

따스한 눈길 기대하며

묵묵히 자리 지키고 있다.

목차

목차

3장 · · · 행복 가득

조화롭게 다듬어진

아름다운 세 빛깔

눈에 담아 마음까지 물들었다.

목차

목차

4장 · · · 추억 단상

물레방아 바라보니

쳐녀 때 데이트하던 모습

소롯이 떠오른다

그 시절로 물레처럼

되돌릴 수는 없을까.

🌸 목차

1장

. . . .
. . . .

한 폭의 그림처럼

끝없이 펼쳐진
국화축제 전시장
정말 아름답다.

광덕정 정경

눈 속에서도
여봐란 듯이
꿋꿋이 고운 빛깔로
뽐내고 있다.

행복한 별장

동화책 속
아름다운 보금자리
설경이 한몫 거든다.

인내력

설한풍에도
정열의 붉은빛
악착같이 매달고 있다.

겨울 진풍경

푸른 하늘과
홍시와의 조화,
그리고 날아든 새 두 마리
한 폭의 그림이다.

특별해서

치자 열매 보았나요
난 처음이거든요
호기심에 한 컷,
첫사랑처럼.

예뻐서

푸른 하늘 사로잡는
저 도도한 화려함
깨물어 주고 싶다.

애국심

머루 다래 익어갈 때
우리 결혼하여
아들 딸 많이 낳아
나라를 살리자.

가을 정경

복주머니 불룩
보석들이 옹골차게 들어찬 채
골목길 구경 중.

풍년

가지 휘어지도록
치렁치렁
누워서 감 먹기.

다닥다닥

햇볕만 바라본 몸매
새빨간 사랑 물들어
맺힌 이어쁜 홍구슬.

담쟁이 넝쿨처럼

놓치면 낭패
태풍 불어닥쳐도
호랑이 덤벼들어도
정신 바짝 차리고 꼭 붙잡아.

찰칵

이름난 인물 따라

미소 머금고

신나게 걸어가는 모습.

이태준 생가에서

고품격 설계로 다듬어진
우아한 풍속도
비디오 촬영하는 분
표정이 사뭇 진지하다.

감탄

오색 단풍
이곳에 다 모였다
석탑과 어우러진 풍경화
참말로 멋지다.

어머나

때 만난 단풍
영원히 지지 마라
부처님께 빌고 또 빈다.

멋지다

길상사 입구
시작부터 예사롭지 않다
무디던 발걸음
갑자기 나비 날개 달았다.

이럴 수가 · 1

도심 속 풍경
이다지도 아름다울 줄이야
길상사 이름값 톡톡히 하네.

이럴 수가 · 2

안 그래도 가시 많은 전어인데
동상까지 이렇게
뼈로만 전시해 놓을 줄이야.

방랑 시인아

저리 아름다운 풍경
어이하라고
괴나리 봇짐에 삿갓 쓰고
어딜 가시나요.

행복

바라만 봐도
보송보송
부드러운 촉감에
젖어든다.

한 폭의 그림처럼

끝없이 펼쳐진
국화축제 전시장
정말 아름답다.

정물화

저 그림 매력 포인트

소나무

한참 먼 곳에

붉은 드레스 차림.

옹골지다

또록또록
잘 여문
바람 한 소쿠리.

이 계절 다 가기 전에

사진 찍으면 아주 멋져요
모두 모여 추억 남겨 봐요.

풍경 단상

나비 폭포수
아름다운 무늬 그리며
늘씬한 몸매 자랑한다.

청정길 산책

청죽 기운
맑은 공기 마음껏 마시며
죽로 향기에 푹 빠지는 시간.

2장

. . . . .

세월의 터

해풍에 닳고 닳은

천년 바위

따스한 눈길 기대하며

묵묵히 자리 지키고 있다.

노년

수명 다해 낡은 폐선
무료한 나날들
푸른 바다랑 하늘만 바라보며
시나브로 망가져 간다.

세월의 터

해풍에 닳고 닳은
천년 바위
띠스한 눈길 기대하며
묵묵히 자리 지키고 있다.

오늘도

아름답게
뜨락 꾸며 놓고
손님 맞이 위해
예쁜 짓 뽐낸다.

석류의 노래

곱게 피어나는 해맑은 꽃송이
가을의 꽉 찬 열매 향해
끊임없이 전진.

동화 속으로

내 모습이
너처럼 아름다워지도록
요술 한 번 부려 볼까
이얏, 예쁜 꽃으로 변해라.

뿌리의 신비

한몸에서
수많은 후손 퍼뜨리는
울 어머니.

은근슬쩍

예쁜 앵두 한 움큼 따서
근사한 연인 마음 훔쳐
신나게 사귀어 볼 거나.

어떤 기다림

바둑아, 오지 않는 짝
눈 빠지게 기다려 봤자
소용 없으니 이젠 포기해라.

민속촌의 꿈

해가 바뀔수록 살쪄 가는
저 초가지붕
백 년 후면 하늘에 닿으려나.

이치

6월 태양 한입
베어 물었는지 새빨갛다
제아무리 고운 빛깔도
때가 되면 시드는 법.

하소연

예쁜 것도 죄란 말인가
자유롭게 창공을 날고픈데
이리 창살에 갇힌 신세라니!

탈출의 꿈

어떻게 하면
이 감옥에서 벗어날까
한데 모여
지금 진지한 회의 중.

모처럼

오늘 같은 공휴일
모든 것 훌훌 털어 버리고
몇 시간 전세 내 친구와 어울려
향긋한 맛에 취해 봐요.

여태

너는 무슨 기연으로
단군 핏줄처럼 얽히고설켜
그리 아름다움 자랑하며
푸른 하늘 휘어잡고 있느냐.

어머니

비가 오나 눈이 오나
묵묵히 터 지키며
수많은 발걸음들에게
쉬어 가라 쉬어 가라
자리 내어 주는 바위의자.

별장

딸네 가족 쉼터
정원 식구들이 주말민 되면
주인 만나는 반가움에
함박웃음 싱글 벙글.

난 달라

내 이름은 나무튤립
난쟁이 튤립과는
비교되지 않는 거목이지
근사하게 폼 잡고
우아하게 피는 꽃이라서.

걸작품

몇 백 년 세월 동안
해풍과 거센 파도가 갈고 닦아
들리는 저 숨소리.

꽃 선발 대회

어느 꽃이 가장 예쁠까
서로가 자기라고 뽐내지만
심사 평가는 사 가는 손님 마음.

은인 업둥이

뒷편 산봉우리
그림인지 실물인지
절과 산세 떠받쳐 주고 있다.

어떤 순간

미황사 풍경 아름다움에
구름도 멈춰
잠시 넋 잃고 바라본다.

높은 자리

해남군을 한눈에 바라볼 수 있는
구 층 전망대
모노레일이 끌어 올리느라
끙끙 앓는다.

3장

· · · · ·

행복 가득

조화롭게 다듬어진

아름다운 세 빛깔

눈에 담아 마음까지 물들었다.

광복절 아침

삼복 더위에도
대한민국 명예 걸고
꿋꿋이 피어나는
저 자랑스런 무궁화.

한마디

수국에 묻혀
초라해진 내 모습
나도 한때는 예뻤단다
너무 으스대지 마라.

행복 가득

조화롭게 다듬어진
아름다운 세 빛깔
눈에 담아 마음까지 물들었다.

신기한 그림

야옹아
너도 진열대 올라
의류 신발처럼
손님들에게 팔리고 싶니?

제철 만난 억새

넓은 들판도
푸른 하늘도 제 것인 양
으스대며 비상 준비 중.

신기하다

내 생애 처음 보는
아주 희귀한 먼지털꽃
저 고고한 자태
다시 한 번 더 겸허히 바라본다.

꽃길

곱디곱게 단장한
봄 나들이꾼들과 손가락 걸며
오래도록 머물다 가기로
굳게 약속했다.

나는 호박꽃

넝쿨장미처럼
내 청춘도 한때는
저리 아름다웠는데.

꿈

탐스러운 꽃송이처럼
뭉게구름 따라 넓게 넓게
상상의 나래 활짝 펴고
푸른 창공 날고 싶다.

새로운 도전

한때 노란 나래 활짝 펴고
비상 꿈 꾸더니
드디어 출발 대기 중.

허세

자연 속에 묻힌 호화 별장
권력이 뜨락을 에워싸고 있다.

봉오리 안 대화

엄마, 어서 문 열어요
꽃나비들이
어서 오라 속삭여요
아가야, 지금
열심히 달려가는 중이란다.

아름다움

작품 속에서 숨쉬고 있는
목공 전신의 혼
미세한 가치 넘어
월계관 자리 올라야 할 인재.

이국 세상

오미크론 때문에
돈 버는 곳은 약국뿐
자가 진단 기구와
비상약품 준비물 구입하느라
바쁘다 바빠.

평화로운 풍경

흐드러진 벚꽃길 따라
끝없이 펼쳐진 영산강
꽃향기에 흠뻑 젖어
따스한 봄날 즐긴다.

국모답게

육영수 생가
헤아릴 수 없이 많은
건물들이 빽빽하게 들어차
호화 풍경 즐기고 있다.

자비

하늘 향해 솟아오른
신비의 부처상
만인 위해 정성껏
염주알 굴리고 있다.

융단길

진분홍 빛깔 꾸며 놓은
아름다운 추억의 꽃잔디
누구를 위해 저토록
고운 길 펼쳐 놓았을까.

유명인끼리

하늘에 흰구름도
정지용 문학관으로 늘러나와
아름다운 정경 함께 즐긴다.

지난 세월

구식 결혼 했던 그때를
떠올린다
나도 초례상 앞에
신랑 마주할 땐 저리 예뻤는데.

내 고장 자랑

우리 마을 공원
아름다운 경치 바라볼 때마다
우아하게 뽐내는 행복이
소록소록 스며든다.

최고

돌담 터널 통과할 때 기분
그 무엇에 비교할까
지리산 정기 모조리
나 홀로 마신 듯.

생애 잊지 못할 작품 앞에서

끝없이 쏟아지는 감탄
바라볼수록 매혹에 빠져드는
이 마음 어쩌면 좋아.

인간 열정

지리산 고산 지대
호수 많은 걸 보고 깜짝 놀라고
그와 잘 이루어진 조화
능력 무한의 세계 보고 또 놀라고.

길은 길인데

신기한 돌담길
절묘한 돌작품길
쉽게 볼 수 없는 예술담길.

4장

.....

추억 단상

물레방아 바라보니

쳐녀 때 데이트 하던 모습

소롯이 떠오른다

그 시절로 물레처럼

되돌릴 수는 없을까.

삼성궁 가는 길

개복숭아꽃이
군락을 이뤄 맞이해 준다
열매는 맛 없고 못 생겼는데
꽃은 너무나도 아름답다.

안 보면 후회

앞뒤 좌우 돌탑성
기염 토할 진풍경들
삼성궁 관광 1등급 코스.

떠났어도

육영수 정기로
똘똘 뭉쳐진 연지
평화롭게 관광객 눈길
끌어모으고 있다.

내 모습

흠뻑 경치에 취해 한마디
나도 젊었을 땐 한가락 했는데
날 데려간 세월이 너무나 얄밉다.

시 사랑

정지용 생가
마치 민속촌 들어선 기분
소나무가 삐쭉 내다보며
시 한 편 읊조리고 있다.

신기한 가족

튼실한 몸뚱이에
가지도 내지 않은 채
옹기종기 달라붙어
우애 다지고 있다.

추억 단상

물레방아 바라보니
처녀 때 데이트하던 모습
소롯이 떠오른다
그 시절로 물레처럼
되돌릴 수는 없을까.

옹골지다

섬진강 생태 박물관
관광객들에게
몸매 자랑하고 있는
금붕어 떼.

여러분, 한번 써 봐요

하동 평사리 상가
모자 패션 박람회
판매 직전에 서로
열띤 경쟁 선보이고 있다.

기분 좋은 날

인자한 최참판 대감과
이리 다정하게 앉아
어깨 나란히 할 줄이야.

명물

금강 하구원 너무 멋져요
다시 보고픈 아름다운 경치
우리 단둘이 구경 한 번 가요.

너무나 아름다워

삼원색 조화 기막히게 곱다
저 벤치에 니와 내가 앉았으면.

보존급

전주 돌 공예품 전시장
듬직해서 좋다
멋진 탑 모습까지
잡히지 않아 아쉽다.

갑부

다닥다닥 붙어 사는
의좋은 형제처럼
도대체 쌍둥이 집이 몇 채야
부자 냄새가 솔솔
밖에서부터 진동한다.

유행 따라

발전하는 현시대
지붕도 패션 따라 간다
얼핏 보면 배 모양 같기도 하고
내 꿈 같기도 하다.

내 고장 최고

우리 마을이 대도시처럼
이토록 발전하고 있다
경치 좋고 살기 좋은 내 고장
살수록 자랑스럽다.

내 꿈 정경

만연산 자락 품에 안은
저 도도한 풍경
누구도 외면할 수 없는
신모델 인테리어.

샘난다

잘 다듬어진 정원
별장의 조화로움
거기에 하늘까지.

수림정

어머니 백세 잔치 했던 곳
그후로 그곳 지나올 때마다
넋 잃고 바라보곤 한다
우리 가족 숨소리 머물러 있는 곳.

효자

보약 같은 내 아들
어느 연구소장
오늘 하루 엄마만을 위해
온 정성 온 마음 다 받치겠단다.

내 인생처럼

새만금 방조제에 지는 해
미세먼지인지 운무인지
주변이 희뿌옇기만 하다.

소망 하나

삼원색으로 물들인 가로수
예술이다
내 삶도 저리 아름다웠으면.

징조

먹이 찾아 내려앉은 비둘기 떼
광주에 평화 찾아올 거라는
희소식.

작가

능력 있는 자
모습도 멋지다
낭만대통령 박덕은 교수
따스한 품성 그대로
향긋이 꽃이 된 시인.

부디

청초한 미소 지으며
몸매 자랑하는 노랑 귀염둥이들
그 빛깔 그 모습 영원히 변치 않길.

다출산

울타리 너머 구경 나온
장미 가족 태어난 2세들
이루 헤아릴 수 없다.

베르자르당

추억에 남은 순창
조휘문 시인 커피숍
그때 빵과 곁들인 대추차
첫사랑처럼 결코 잊을 수 없다.

디코럼

어느 절 배경
조화 잘 이룬 경치
놓치고 싶지 않아
한 컷.

그리움인 양

예술적 가치가 돋보이는
이 멋진 정경
오래 오래 간직하고 싶어.

내 짝사랑처럼

처음 보는 희귀한 보물
장식해 놓고 싶은
탐나는 물건.

평설

. . . . .

박덕은
문학박사

문학박사, 전 전남대 교수
문학평론가
시인, 동화작가, 소설가
사진작가, 화가

임금남 디카시집 출간을 축하하며

 임금남 시인은 광주광역시 광산구 임곡동에서 아버지 임창묵 씨와 어머니 홍양순 씨 사이에서 8남매(5남 3녀) 중 막내로 1948년에 태어났다.

 그녀는 임곡 남초등학교를 거쳐 임곡 중학교, 중앙여고를 나왔다.

 월간지 《문학공간》 신인문학상 수상, 계간지 《아시아서석》 신인문학상 수상으로 문단에 데뷔한 이래, 포랜컬쳐 문학상, 치유 문학상, 커피 문학상, 김해 시화전 문학상, 남명문화제 시화문학상 김해예총상 등을 수상했다.

 현재, 서석문학 작가회 이사, 광주문인협회 이사, 광주시인협회 이사, 김현승시인기념사업회 이사, 한국문인협회 회원, 화순문인협 회원, 한실문예창작 회원, 충장문학 회원, 광산문학 회원, 서호문학 회원, 한국사이버문예 회원, 방그레 문학회 회장 등으로 활약하고 있다. 저서로는 제1시집 『보름달을 삼키다』, 제2시집 『노을을 품다』, 제3시집 『나들이 나온 바람』, 제4시집 『어찌나 예쁜지』가 있다.

 어느 날 그녀는 다음과 같이 자신의 삶을 회고했다.

 "살아온 제 삶은 호사보다는 허접한 생활이었다. 가난한 집에 시집와, 변변치 않는 남편의 직업으로는 턱없이 부족한 생활이었으니까. 9남매의 장손 며느리라, 너무나 버거웠다. 시동생과 자식들 모두 결혼하고 난 지금에 와서야 다소 여유로운 삶을 누리고 있다."

 "한문 학원 1년 다니면서 한자 2,000자를 배웠고, 농

협중앙회에서 표창장을 받았고, 남편 회사에서 저의
일거일동을 모두 지켜본 후에 준 알뜰 주부 표창장과
금반지를 받은 바 있다. 그밖에 자랑할 만한 것이라고
는 남편 환갑 때 미국 관광 다녀오고, 내 환갑 때 유럽
5개국을 구경했다는 것뿐이다."

　자, 이처럼 겸허한 임금남 시인의 디카시 세계를 지금
부터 즐겁게 탐험해 보기로 하자.

설한풍에도
정열의 붉은빛
악착같이 매달고 있다.
－「인내력」 전문

시적 화자는 겨울 눈꽃송이에 묻혀 있는 남천죽의 붉은 열매를 바라보고 있다. 저 붉은 열매가 의미하는 것을 무엇일까. 시적 화자의 꿈일 수도 있고 첫사랑일 수도 있다. 그게 무엇인지는 중요하지 않다. 어떤 고난 속에서도 그 붉은빛을 악착같이 매달고 있다는 게 중요하다. 호락호락하지 않는 세상 속에서 붉은빛 같은 그 무엇을 가슴에 품고 여기까지 걸어온 시적 화자의 간절함이 느껴진다. 그 간절함이 인내심을 키웠을 것이다. 막다른 골목에서도 절망하지 않고 붉은빛을 완성하기 위해 묵묵히 길을 만든 어떤 뚝심이 보인다. 눈보라와 절망이 닻을 내린 설한풍에도 어떤 뜨거움을 가슴에 품고 있는 시적 화자가 멋지다. 적막으로 밀려드는 밤을 견디며 악착같이 새벽을 만들고 싶어하는 시적 화자. 세상은 온통 구겨지기 쉬운 기분과 같아서 꿈과 목표라는 반듯한 삶의 얼굴은 오래도록 유지하기 힘들다. 입에 달라붙는 일회성의 기분이 발목을 잡기에 자신이 꿈꾸었던 목표는 어느새 멀리 달아나고 없다. 시적 화자는 그 꿈이 얼마나 간절했으면, 그 첫사랑이 얼마나 그리웠으면 악착같이 붙잡고 있던 것일까. 설한풍에도 정열의 붉은빛은 더욱 선명하다. 열매들을 악착같이 매달고 있는 모습이 결코 정열을 잃고서는 살고 싶지 않다고 외치는 것 같다. 불굴의 의지, 불타는 열정, 굴하지 않는 인생관, 꿋꿋한 삶의 태도, 애타는 그리움 등이 엿보이는 것 같아, 가슴이 뭉클하다.

복주머니 불룩
보석들이 옹골차게 들어찬 채
골목길 구경 중.
— 「가을 정경」 전문

시적 화자는 골목길을 구경하고 있다. 시적 화자를
대변하고 있는 석류가 인상적이다. 툭 튀어나온 석류
의 입에서 한 됫박의 수다가 골목길로 쏟아질 것만 같
다. 무슨 말을 하고 싶어 석류는 튀어나온 입을 하루종
일 다물지 않고 있는 것일까. 깔쌀쌀 웃음소리도 늘리
고 왁자하게 떠드는 가을의 수다도 들리는 듯하다. 석
류의 말을 귀에 담고 있는 잎사귀가 푸르디푸르다. 서

로의 등을 기대며 가을까지 온 석류와 잎사귀가 멋지다. 석류의 정감 어린 한마디에 잎사귀는 자신의 영토를 푸르게 넓히며 가을까지 올 수 있었을 것이다. 태풍과 불안과 절망을 건너 마음에 행복의 보석들이 옹골차게 들어찰 때까지 석류는 기다리고 인내하며 기도했을 것이다. 그렇게 가을에 도착하여 골목길을 여유롭게 구경하고 있다. 석류처럼 열심히 살아온 시적 화자가 보이는 듯하다. 우리의 삶도 저 석류처럼 잘 익어서 인생의 골목길을 여유롭게 구경하면 좋겠다. 사진 속 석류는 토실토실하다. 이제 곧 떡 벌어져, 붉은 보석들을 마구 쏟아낼 것만 같다. 불룩한 복주머니 같다. 그 안에 옹골차게 들어선 보석들이 세상을 풍요롭게 해줄 것 같다. 그런 점에서 석류는 마치 살아가다가, 열심히 살다가, 간혹 만나는 인생의 행운 같아 보여, 애잔한 마음이 들기도 한다. 인생길이 고단하다 해도, 간혹 만나는 행운의 열매들이 있으니, 슬퍼하지 말자. 이런 메시지를 만난 듯하다. 다양한 각도로 다가오는 석류의 수다가 멋지다.

놓치면 낭패
태풍 불어닥쳐도
호랑이 덤벼들어도
정신 바짝 차리고 꼭 붙잡아.
– 「담쟁이넝쿨처럼」 전문

시적 화자는 벽돌담을 기어가는 담쟁이넝쿨을 바라
보며, 자신의 인생을 되돌아보고 있다. 걸어갈 수 없
는 저 수직의 벽돌담처럼 삶이 절망적일 때 시적 화자
는 담생이넝쿨처럼 성신 바짝 차리자고 한다. 흙 한 줌
도 물 한 모금도 없이 좌절로만 둘러싸인 인생이라 할
지라도, 놓치면 낭패라고 한다. 끝끝내 안간힘으로 그

삶을 부여잡고 나아가자고 한다. 한 뼘이라도 좋으니 한 걸음이라도 좋으니 조금씩 나아가자고 한다. 아니, 나아가지 못하더라도 꼭 붙잡고 있으라고 한다. 살아 있으면 되는 거라고, 숨이 붙어 있으면 되는 거라고 위로하고 있다. 이 악물고 살아왔을 시적 화자의 삶이 느껴져 숙연해진다. 절망이라는 벽을 타고 올라 절망을 디디고 일어서기가 어디 쉬운가. 몸부림치며 산다고 해서 절망을 이겨낸다는 보장이 어디 있나. 그런 수많은 의문이 들어 힘들 때는 저 담쟁이넝쿨처럼 그냥 내 삶을 꽉 붙잡고라도 있어 보자. 버티는 게 이기는 거니까. 사진 속 담쟁이넝쿨은 한 땀 한 땀 희망을 붙들고 올라가고 있다. 지난여름 비바람과 폭풍우가 몰아칠 때를 떠올린다. 놓치면 낭패이니, 꼭 붙잡아야 해. 태풍 불어닥쳐도 호랑이 덤벼들어도 정신 바짝 차려야 해. 꼭 붙잡고 있어야 해. 역경과 시련을 견뎌낸 뒤, 아름다운 모습으로 담벼락에 붙어 있는 모습이 매우 자랑스럽다. 어느덧 가을이 되었는지, 단풍 든 채 여유로운 눈길로 지나가는 사람들을 내려다보고 있다. 아직 파릇파릇한 잎들도 함께 있다. 이제 곧 떠날 날을 기다리는 빨갛게 단풍 든 잎들은 한껏 아름다움을 뽐내고 있다. 힘든 시기를 잘 견디며 살아온 시적 화자의 이야기가 들리는 듯하다.

넓은 들판도
푸른 하늘도 제 것인 양
으스대며 비상 준비 중.
- 「제철 만난 억새」 전문

  시적 화자는 너른 들녘에 흐드러지게 피어 있는 억새
를 관찰하고 있다. 먼저 억새를 바라보는 시적 화자의
관점이 긍정적이고 낙천적이다. 시 전체에서 긍정의
힘이 느껴진다. 시적 시선이 부정이 아닌 긍정에 초점
을 두고 있어 독자들도 덩달아 긍정의 힘을 얻고 간다.
삶이 힘들더라도 우리를 일으켜 세운 것은 부정이 아
니라 긍정의 힘이다. 긍정은 질긴 뿌리 같은 어제의 아품을 가장 빠르게 치유할 수 있는 명약이다. 또 막막한 내일의 불안을 단칼에 베어버릴 수 있는 단 하나의 칼이다. 우리는 그 긍정이라는 명검을 얻기 위해 마음 수련도 하고 명상도 하는 것이다. 가을바람을 타며 자신의 삶을 희망차게 설계해 나가는 시적 화자의 내면이 밝아서 좋다. 저 가을이 될 때까지 준비하고 노력했기에 이제는 비상을 준비하고 있는 것이다. 이 시는 여름 장마에 얼마나 곤혹을 치뤘는지 그 아픔을 말하고 있지 않다. 과거에 연연하지 않고 오직 이 가을이라는 현재에 집중하고 있는 것이다. 과거도 미래도 아닌 현재를 중시하는 자세가 멋지다.

사진 속 억새들은 하얗게 머릿결 흩날리며, 푸른 하늘도 제 것인 양 으스대고 있다. 이제 비상을 서두르는 듯, 가벼운 몸놀림으로 하늘을 날 준비를 하고 있다. 튼실한 줄기들도 갈색의 이파리들도, 억새꽃의 비상을 도우려는 듯, 힘내라며 아우성이다. 튼튼하게 왕성하게 지상에서 존재감을 드러냈으니, 이젠 비상하면 된다. 지상을 떠나 어디 갈 데까지 가 보자. 새로운 이상향을 찾아, 아주 먼 데까지 날아보자.

또록또록

잘 여문

바람 한 소쿠리.

— 「옹골지다」 전문

시적 화자는 잘 여문 수수를 바라보며, 흐뭇해 하고 있다. 저 붉은 수수를 키운 것은 절반이 바람일지도 모른다. 찰랑찰랑 수숫대를 차오르는 물소리도 바람의 힘이 아니었다면 어림도 없었을 것이다. 봄바람이 물의 씨앗을 물고 와 수숫대에 이식시키지 않았다면 저렇게 수수가 잘 익을 수는 없었을 것이다. 수수밭이 심심하지 않게 바람은 또 새소리를 물어오고 여름을 물어오며 여기까지 왔을 것이다. 그래서 시적 화자는 수수를 '바람 한 소쿠리'라고 한 것일까. 참으로 멋진 표현이다. 여기서 바람은 꼭 변화하는 공기의 흐름만을 의미하는 것은 아니다. 바람의 사전적인 뜻은 '어떤 일이 이루어지기를 바라는 마음'도 있다. 두 가지 모두로 해석할 수 있기에 이 시는 더 멋지다. 시는 다의적인 해석이 가능할수록 멋진 시다. 사진 속 수수는 알이 꽉 차 있다. 여물대로 여물어 터져 나갈 것 같은 모습으로 꼿꼿이 서 있는 수숫대와 수수. 바라볼수록 옹골지다. 사물을 바라보며, 시적 형상화로 표현하고, 이를 디카시로 열매 맺는 시인이 참 멋스러워 보인다. 사물과 시심이 하나가 되고, 사진과 시가 어우러져, 지극히 아름다운 창조물이 되고 있어, 행복하다.

해풍에 닳고 닳은
천년 바위
따스한 눈길 기대하며
묵묵히 자리 지키고 있다.
– 「세월의 터」 전문

시적 화자는 바닷가에 있는 바위들을 바라보며 감회에 젖어 있다. 바위는 몸으로 건너온 천년의 시간 속에서 얼마나 많은 사연들을 담아두고 있을까. 봄날의 벅차오르는 숨과 깊은 밤을 뚫고 들어오는 해무의 이야기가 저 바위의 시간을 떠받치고 있을 것이다. 물새의 날갯짓이 대견스러워 바위는 이따금 입꼬리를 올려가며 웃었을 것이다. 웅장한 파도 소리를 응원해 주며 갈매기들에게 자신의 무릎을 내어줬을 저 바위. 그런데 지금은 따스한 눈길 기대하며 묵묵히 자리만 지키고 있다. 쓸쓸하고 외로운 바위의 모습에서 문득 나이든 부모님의 뒷모습이 겹쳐 보인다. 눈부신 자식의 미래를 기원하며 달빛까지 덧대고 이어붙여 자식의 내일을 열어주고 싶었던 부모님. 그 부모님이 이제는 노쇠하여 외롭게 살아가고 있다. 천년 바위를 내세워 부모님의 외로움을 에둘러 말하고 있다. 사진 속 바위는 바닷물결에 발을 담근 채 멍하니 앉아 있다. 누군가를 기다리고 있는 듯하다. 자식의 안부를 기다리는 걸까. 젊은날의 열정을 다시 한 번 기다리는 걸까. 밤낮없이 기다리고 있는 저 바위에 파도 소리라도 얼른 닿았으면 좋겠다.

진분홍 빛깔 꾸며 놓은
아름다운 추억의 꽃잔디
누구를 위해 저토록
고운 길 펼쳐 놓았을까.
－「융단길」 전문

시적 화자는 꽃잔디의 화려함과 신비로움에 잠겨 있
다. 누군가는 잘나가는 한 시절이 꽃피어나 그 시절을
완성해 가는 시간들이 저 꽃잔디처럼 화려했을 것이
다. 하지만 정작 자신은 아픈 시절들 때문에 절망이 발
목을 붙들어, 일어서기도 힘들었다면, 저 꽃잔디처럼
화려하게 일어서는 사람들이 얼마나 부러웠을까. 꽃잎

한 장 열 수 있는 봄날의 힘이 자신에게는 없는데, 내일은 여전히 막막할 때 얼마나 힘이 들었을까. 시적 화자는 그런 꽃잔디 고운 길이 누구를 위해 펼쳐졌는지 묻고 있다. 그 물음 속에서 약간의 설렘이 느껴지기도 한다. 시적 화자가 걸어왔던 아픔의 끝자락에서 새롭게 열리는 어떤 꽃길 같은 즐거운 예감이 저 물음에서 느껴진다. 저 고운 꽃길을 시적 화자도 이제는 걸을 수 있을 것 같다는 희망이 엿보인다. 부러워만 했던 꽃길이 시적 화자의 눈앞에 펼쳐진 것 같아 멋지다. 또 사진 속 꽃잔디는 진분홍 빛깔로 꾸며 놓은 신혼방 같기도 하다. 도대체 누구를 위해 저토록 고운 길을 펼쳐 놓았을까. 도대체 나에게는 어찌 그런 고운 길이 주어지지 않았을까. 왜 이제 와서야 꽃길이 눈에 띄어 애간장을 녹인단 말인가. 이렇게 하소연하고 있는 것 같기도 하다. 다양한 해석의 여지를 열어두고 있어 멋지다. 부디 이 꽃길이 시적 화자에게 주어지길 소망한다.

비가 오나 눈이 오나
묵묵히 터 지키며
수많은 발걸음들에게
쉬어 가라 쉬어 가라
자리 내어 주는 바위의자.
– 「어머니」 전문

시적 화자의 눈에 넓적한 바위의자가 들어왔다. 바위
는 자신의 무릎을 낮추며 그 무릎 위에서 쉬어 가라며
아낌없이 마음을 내주고 있다. 바위의자는 짊어진 삶
의 무게를 온몸으로 받아줄 테니 주저하지 말고 아픔
과 슬픔을 내려놓으라고 한다. 너무 오래 세상을 서성

거리면 마음의 중심을 잡기 어려우니 잠시 방황과 주저함을 내려놓고 자신의 무릎에서 쉬어가라고 한다. 쉬어가다 보면 흔들리는 생각이 중심을 잡고 방향을 잡지 못한 걸음들이 자신의 관점대로 방향을 찾을 거라며 쉼을 권하고 있다. 마치 어머니의 다독임처럼 저 바위의자에서 어깨를 다독이는 소리가 들리는 듯하다. 사진 속 바위의자는 바라볼수록 넓적한 그 모습이 듬직해 보인다. 갑자기 떠오른 어머니, 어머니의 모습과 많이 닮았다. 비가 오나 눈이 오나 묵묵히 터 지키며 자식들을 감싸 주었던 어머니, 자식들의 수많은 발걸음들이 쉴 수 있도록 휴식과 편안함을 주었던 어머니, 기꺼이 자리를 내어 주며 행복하게 해주었던 어머니, 어머니를 떠올리며 눈시울을 적시게 하는 디카시, 갑자기 마음이 울컥해진다.

튼실한 몸뚱이에
가지도 내지 않은 채
옹기종기 달라붙어
우애 다지고 있다.
― 「신기한 가족」 전문

　시적 화자는 오래된 벚나무 둥치에서 피어난 벚꽃을
바라보며 감탄하고 있다. 핏줄로 이어지지 않아도 가
족일 수 있다. 함께 웃으며 함께 슬퍼하며 한 방향으로
나아간다면 우리는 큰 의미에서 가족이다. 봄날이라
는 한 방향을 향해 저 벚꽃은 서로의 마음을 모아 한자
리에 모인 것이다. 아름다운 봄날을 완성하기 위해 서

로의 손을 잡고 있는 것이다. 혈연이라는 '가지'가 뻗어나가지 않아도 한 방향을 향해 마음을 모은다면 가족이라고 할 수 있다. 지구촌 대가족을 에둘러 표현하고 있는 듯하다. 지구촌 대가족의 봄날을 건강하게 꽃 피우기 위해 모여든 벚꽃 한 송이 한 송이가 마음을 모으고 있는 것이다. 사진 속 벚꽃들이 굵고 튼실한 나무 몸뚱이에서 하얀 얼굴을 내밀고 있다. 가지도 내지 않은 채, 아예 나무 둥치에 옹기종기 달라붙어 꽃을 피우고 있다. 성질 급해서인지, 저 높은 우듬지로 올라갈 생각도 않고, 밑둥에서부터 꽃을 피우고 있다. 피어난 꽃들은 서로 지구촌 대가족이라는 봄날의 우애를 다지고 있는 듯, 꼭 붙어 있다. 서로 어깨동무하고 있는 듯, 다정한 모습이다. 사물을 의인화하여, 인격체로 대우하는 시적 화자의 눈길이 참 따스하다.

한때 노란 나래 활짝 펴고
비상 꿈 꾸더니
드디어 출발 대기 중.
― 「새로운 도전」 전문

시적 화자는 민들레 홀씨를 바라보며, 긴장하고 있다.
백미터 달리기를 하기 위해 출발선에서 무릎을 굽히고
'출발! 땅!' 소리가 나기를 기다리고 있는 모습이 저 꽃
대에서 느껴진다. 출발선으로 올 때까지 바람의 심장
을 흠모하며 열심히 준비하고 노력했을 것이다. 하나
의 꿈을 이루어야 그 다음의 꿈을 향해 나아갈 수 있기
에 추운 계절을 건너 저 민들레는 싹을 틔우고 여기까
지 왔을 것이다. 곳곳에 잠복한 덫을 피해 뿌리를 내리

고 꽃대를 밀어 올리며 노란 나래 활짝 피어나게 했을 것이다. 그렇게 마음 졸이며 준비한 끝에 드디어 출발을 앞둔 것이다. 긴장을 많이 한 탓인지 홀씨의 손끝이 하얗다. 한때 노란 나래 활짝 펴고 온갖 시련에도 잘 견뎌왔던 민들레, 이제 꽃이 지고 홀씨들이 하얗게 서서 하늘을 날 준비를 하고 있다. 비상의 꿈을 꾸며 얼마나 많은 밤을 지새웠던가. 이제 바람만 불면 된다. 가능하면, 멀리, 아주 멀리 날아가 새 보금자리에서 다음 생애를 이어가리라. 조금이라도 더 멀리 비상하기 위해, 홀씨의 꽃대가 제 키를 길게 늘려 뻗어 있다. 최선을 다했으니, 이제 결과만을 남겨 놓고 있다. 그 결과도 하늘의 뜻대로 잘 이뤄지길 소망해 본다.

삼복 더위에도
대한민국 명예 걸고
꼿꼿이 피어나는
저 자랑스런 무궁화.
－ 「광복절 아침」 전문

　시적 화자는 무궁화가 피어 있는 화단을 바라보며 애
국심을 되새기고 있다. 전 세계적으로 전쟁 위기가 고
조되고 있기에 이 시는 더 특별하게 다가온다. 세상은
온통 전쟁 위기의 지뢰밭처럼 아수라장인데 땅의 힘
을 믿고 가지 끝에서 꽃잎을 여는 무궁화가 듬직하다.

문득 저 무궁화꽃이 분홍 철모 같다. 6.25전쟁으로 주인 잃은 철모들이 녹슬어 가 마음이 아팠는데 저 분홍 철모는 발랄한 젊음이 느껴져서 흐뭇하다. 저 분홍 철모에는 나라를 위해 목숨을 바친 이름들이 새겨져 있을 것이다. 한 가정에서 아들로, 오빠로 평범하게 살다가 나라의 부름을 받고 기꺼이 목숨을 바쳤을 이름들이 애잔하게 다가온다. 총소리 요란한 사지에서 새소리와 고요와 내일을 담지도 못하고 전쟁을 했던 이름들은 얼마나 두렵고 막막했을까. 그 두려움을 견뎌야 나라를 지키는 분홍 철모를 꽃피울 수 있었다. 광복절 아침이 더욱 뜨겁기만 하다. 삼복 더위에도 아랑곳하지 않고, 당당히 자라, 대한민국 명예를 걸고 꿋꿋이 피어난 무궁화, 매우 자랑스럽다. 그러면서, 애국심 없이 살아가는 시민들에게 경각심을 불러일으키고 있다. 이 작은 꽃도 애국심을 키우며 꿋꿋이 살아가는데, 어찌 애국심 없이 밋밋하게 일상에 코 박고 살아가느냐. 자기 자신의 삶에만 관심 갖고 허덕이며 살지 말고, 적어도 이 무궁화처럼 애국심으로 무장하고 자랑스러운 한국인으로 살아주길 바란다. 이렇게 외치고 있는 듯하다.

몇백 년 세월 동안
해풍과 거센 파도가 갈고 닦아
들리는 저 숨소리.
ㅡ 「걸작품」 전문

시적 화자는 바닷가에 서 있는 바위가 바람과 파도에
깎이고 깎여 마치 조각상처럼 서 있는 모습에 감동하
고 있다. 차곡차곡 바람과 파도와 어떤 간절함을 쌓아
놓은 듯한 저 바위. 누대를 이어온 어떤 전설을 저 바
위가 얘기해 주고 있는 것만 같다. 아이들이 찾아오면
파도의 철썩이는 목소리로 전설을 들려주고, 연인들이

찾아오면 바람의 웅웅거리는 목소리로 달콤한 옛이야기를 들려줄 것만 같다. 밤낮없이 찾아오는 물새들에게까지 전설을 얘기해 주느라 바빴을 저 바위. 바위는 입담도 좋아 재탕 삼탕해서 얘기를 해도 들을 때마다 다르게 느껴질 것 같다. 바위의 전설과 입담이 신비스러울수록 멋진 걸작품으로 다가온다. 문득 우리네 삶도 세상이라는 해풍과 거센 파도에 밀리지 않고 버티며 앞으로 나아간다면 좋겠다. 지 바위처럼 수십 년의 세월을 갈고 닦는다면 우리의 삶도 걸작품이 되지 않을까 싶다. 몇백 년, 아니 수만 수억 년 동안, 해풍과 거센 파도가 갈고 닦아 놓은 듯한 저 바위, 저기서 들려오는 저 거친 숨소리, 지금도 생생히 들리는 듯하다. 인간의 목숨보다 수억만 배나 더 오랜 세월 갈고 닦은 숨소리, 그 앞에서 어찌 부끄럽지 않겠는가. 너무나 좁은 시야, 너무나 성급한 정신, 너무나 얄팍한 인생관이 그저 민망할 뿐이다. 보다 성숙한 인생관, 보다 끈질긴 세계관이 필요한 때가 아닌가.

삼원색 조화 기막히게 곱다
저 벤치에 너와 내가 앉았으면.
－ 「너무나 아름다워」 전문

　시적 화자는 잘 꾸며진 정원, 국화 꽃방석, 정갈한 벤
치, 깨끗한 도로, 운치 있는 소나무가 있는 정경에 마
음을 빼앗기고 있다. 국화가 오랜 잠에서 한 발을 떼
고 또 한 발을 떼며 이 가을에 활짝 피어났다. 기다림
이 깊었던 것일까. 국화가 탐스럽다. 더듬더듬 찾아간
가을길이 때로는 불안하기도 하고 막막하기도 했을 텐
데, 드디어 눈부신 가을 속으로 진입했다. 화분 밖으로

까지 흘러넘치는 저 국화의 화사함. 노란 발목 환하게 흘러넘치는 국화향을 서로 받치며 가을을 만끽하고 있다. 그리고 그 옆에서 붉게 물드는 단풍. 시적 화자는 그 정경을 바라보며 문득 누군가를 떠올리고 있다. 흘러넘치는 국화향처럼 밀려드는 그리움에 젖어든다. 이 아름다운 정경을 당신과 함께 바라보고 싶다고 말하고 있다. 황홀한 가을로 진입한 국화와 단풍처럼 당신과 함께하고 싶다고 말하고 있다. 삼원색의 조화로움에 기대어 사랑을 고백하는 시적 화자가 멋지다. 삼원색의 조화까지 이뤄져 있으니 이 가을은 기막히게 고울 수밖에 없다. 그러니 당신과 함께 그 가을 속으로 들어가자고 한다. 저 고요가 깃든 벤치에 앉았다 가고 싶어 한다. 이왕이면, 내가 사랑하는 너랑 같이 앉았다 갔으면 좋겠다. 짝 잃는 이들, 짝 없는 이들, 다 같이 이 벤치로 와서, 잠시나마 위로의 정 나누다 갔으면 좋겠다. 더 이상 외롭거나 쓸쓸한 노후를 보내는 이들이 없으면 좋겠다고 간곡히 기도하는 듯하다.

탐스러운 꽃송이처럼
뭉게구름 따라 넓게 넓게
상상의 나래 활짝 펴고
푸른 창공 날고 싶다.
- 「꿈」 전문

　시적 화자는 탐스런 철쭉꽃 앞에서 잠시 넋을 잃고 있
다. 칼날 같은 추운 겨울을 건너 봄날에 자신의 꿈을
이룬 철쭉꽃. 생존이 보장되지 않는 눈보라 속에서 한
뼘의 대지에 희망을 새기며 봄까지 기다렸을 저 철쭉
꽃이 대견하다. 탐스럽게 피어날수록 외로움도 깊었을
텐데 그 외로움을 이기고 피어나 기특하다. 긴긴밤을
봄날이 오지 않을까 봐 걱정도 많이 했을 텐데 철쭉꽃
이라는 단 하나의 꿈을 향해 이겨냈을 것이다. 시적 화
자는 그렇게 탐스럽게 꽃피운 꽃송이를 보며 어떤 다

짐을 한다. 자신의 꿈도 활짝 펼치고 싶다고. 탐스런 꽃송이는 뭉게구름처럼 뭉텅뭉텅 피어 있는 것 같기도 하다. 여기서 다시 한 번 더 상상을 한다. 푸른 창공을 날고 싶다고 한다. 자신의 꿈을 펼치고 싶다고 한 것이다. 시적 화자를 대변하는 철쭉꽃은 넓게 넓게 상상의 나래를 활짝 펴고 푸른 창공을 날고 싶은 꿈송이 같다. 답답한 현실, 틀에 박힌 일상에서 벗어나, 오랜만에 이 찬란한 꽃송이들이 되어, 딴 세상으로 가고 싶다. 구름처럼 날아올라 행복의 나래, 낭만의 나래, 환희의 나래를 맘껏 펼쳐, 푸르고 푸른 저 창공을 한때나마 날고 싶다. 상상하는 세계가 다 이뤄진 것처럼 무한히 날고 싶다. 꽃송이들이 이렇게 나직이 속삭이는 것만 같다.

한몸에서
수많은 후손 퍼뜨리는
울 어머니.
– 「뿌리의 신비」 전문

시적 화자는 예쁘고 아름다운 꽃들이 피어 있기까지,
뿌리의 힘이 얼마나 위대한지를 깨닫고 있는 듯하다.
여러 갈래로 얼키설키 뻗어나가는 뿌리는 뒤죽박죽 뒤
엉킨 세상 속에서도 자식들을 키우기 위해 방향을 잡
아가며 살아가는 어머니의 모습 같기도 하다. 때로는
숨쉬기도 벅찰 만큼 옥죄는 땅의 어둠 때문에 뿌리는

주저앉은 날도 많았을 것이다. 꺾이고 무너지는 고난의 무릎들이 여러 날을 걸으며 다시 뿌리는 방향을 잡아갔을 것이다. 대지 위로 얼굴 내미는 자식들의 내일을 위해 캄캄한 어둠 속에서 뿌리는 제 역할을 묵묵히 해냈을 것이다. 꽃이 화려할수록, 그만큼 뿌리는 튼실해야 한다. 꽃이 신비로울수록, 그만큼 뿌리는 건강하고 깊게 길게 땅속으로 뻗어 있어야 한다. 그 뿌리가 다름 아닌 우리들의 어머니가 아니겠는가. 이렇게 시심의 종소리는 울리고 있다. 한몸에서 수많은 후손을 퍼뜨리는 꽃의 뿌리와 울 어머니는 같은 의미라며, 어머니에 대한 감사의 마음을 불러일으키고 있다. 사진 속 꽃송이의 뿌리와 어머니에 대한 공감대가 디카시 속에서 향기를 내뿜고 있다.

위에서 살펴본 바처럼, 임금남 시인의 디카시는 좋은 디카시의 특질을 고루 구비하고 있다. 좋은 디카시는 사진 안에 글씨를 넣지 않는다. 또 그림을 사용하지 않고 사진을 반드시 사용한다. 사진 주요 소재를 제목으로 올리지 않는다. 제목과 시 내용에서 낱말을 겹치게 하지 않는다. 사진의 초점은 정확하게 맞춰야 한다. 사진은 가능한 한 깔끔하게 처리해야 한다. 너무 흔한 사진의 소재는 되도록 피해야 한다. 사진은 벽화나 조각품을 찍지 말아야 한다. 시의 이미지는 되도록 선명하게 해야 한다. 시가 감동을 이끌어내도록 해야 한다. 시는 기시감이 들지 않세, 새로운 해석을 내놓아야 한다. 시는 5행 이내로 배치해야 한다. 인생의 의미방울

이 담긴 시적 형상화를 이끌어야 한다. 이런 디카시의 특질을 두루 갖추고 있는 임금남 시인의 디카시는 처음부터 끝까지 긴장감의 끈을 놓지 않고, 독자들의 시선을 붙들어 두고 있다. 간혹 거칠고 투박한 면도 없지 않지만, 그만큼 순수가 감싸고 있어서, 상큼한 매력으로 다가온다.

앞으로, 제2, 제3의 디카시집도 발간하면서, 인생의 여백에 보람과 향기가 가득하길 소망한다. 무엇보다도 일상에서 잠시 벗어나, 시 쓰고, 시 다듬고, 시 열매를 맺어, 시집으로 발간하며 살아가는 옹골찬 여생이 되길 빈다. 아프지 말고 오래 오래 건강 장수하며, 시인으로서의 행복을 맘껏 누리기를 기도한다.

– 이제 제법 쌀쌀한 기운이 다가오는 초가을에

한실문예창작 지도 교수 박덕은

(문학박사, 전 전남대학교 교수, 문학평론가, 시인, 수필가, 소설가, 시조시인, 동화작가, 사진작가, 화가)

임금남 디카시집

인쇄　　2023년 11월 15일
발행　　2023년 11월 18일

지은이　　임금남
디자인　　그린출판기획
표지캘리　　그린출판기획

펴낸곳　　그린출판기획
　　　　　　출판등록　2008년 3월 25일 제 359-2008-000072호
　　　　　　주소　　　광주광역시 동구 백서로 117번길 3-1
　　　　　　구입문의　062_222_4154
　　　　　　팩스　　　062_228_7063
ISBN　　978-89-93230-48-2